Analyse de l'œuvre

Par Cécile Dupuy

On se reverra

Lisa Jewell

lePetitLittéraire.fr

Analyse de l'œuvre

Par Cécile Dupuy

On se reverra

Lisa Jewell

Rendez-vous sur lepetitlitteraire.fr et découvrez :

Plus de 1200 analyses
Claires et synthétiques
Téléchargeables en 30 secondes
À imprimer chez soi

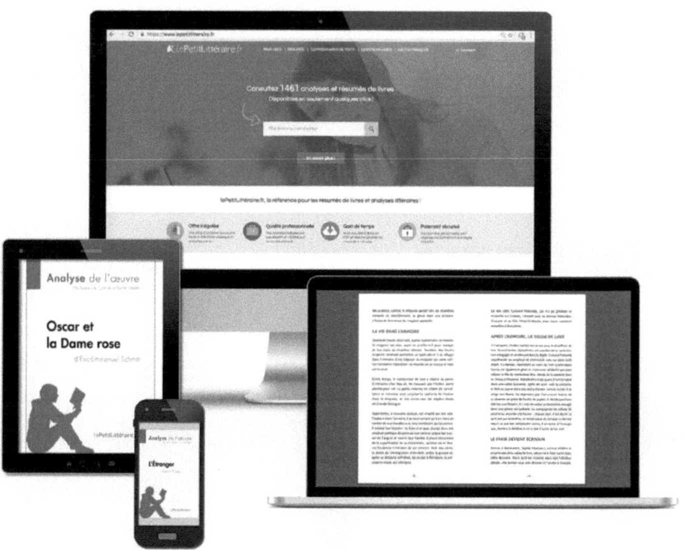

ON SE REVERRA

UN THRILLER SENTIMENTAL HALETANT

- **Genre :** roman
- **Édition de référence :** *On se reverra*, Paris, Bragelonne Hauteville, 2018, 379 p., traduit de l'anglais par Adèle Rolland-Le-Dem
- **1ʳᵉ édition :** *I Found you*, Londres, Arrow, 2017, 464 p.
- **Thématiques :** Amour, amnésie, disparition, secret, violence, enquête, adolescence, famille, psychopathe.

On se reverra est un thriller psychologique et sentimental qui se passe en Angleterre, principalement dans une station balnéaire du nord du pays. Il met en scène un homme totalement amnésique qui, avec l'aide d'une quadragénaire fantasque et amoureuse de lui, va peu à peu remonter le fil de ses souvenirs jusqu'à découvrir qu'il a voulu assassiner un fantôme de son passé... Mais le récit nous livre les raisons de cette rage incontrôlable et incite les jeunes filles à ne pas faire confiance aux beaux inconnus...

On se reverra est le premier roman à suspense traduit en français de Lisa Jewell : auparavant, elle était connue pour ses romans sentimentaux. On retrouve cette veine sentimentale dans cet opus, mais le suspense et le frisson d'horreur s'y ajoutent pour former un cocktail détonnant.

LISA JEWELL

ÉCRIVAIN ANGLAIS

- **Née à Londres en 1968**
- **Quelques-unes de ses œuvres :**
  - *Quatre naissances et un enterrement* (2013), roman
  - *Tous tes secrets* (2019), roman
  - *Ils sont chez nous* (2020), roman
  - *Je serai ton ombre* (2021), roman

Lisa Jewell est une romancière anglaise à succès, auteure d'une quinzaine de romans qui se sont écoulés à plus de deux-millions d'exemplaires depuis le premier d'entre eux, paru en 1998, *Ralph's party* (traduit et publié au Livre de Poche en France en 2007), dont le succès fulgurant l'a hissée sur le devant de la scène. Avant de devenir auteure à plein temps, Lisa Jewell a travaillé dans la mode en tant qu'illustratrice, ainsi que dans les relations presse et l'hôtellerie. Son talent littéraire lui a valu de voir son roman *Quatre naissances et un enterrement* figurer parmi les bestsellers en Grande-Bretagne en 2011. Ses premiers romans appartiennent au genre sentimental, mais depuis 2012, elle s'est résolument tournée vers le thriller psychologique. Ses œuvres sont désormais traduites dans 25 langues et elle est devenue une figure incontournable du roman noir féminin.

RÉSUMÉ

Alice est une mère de trois enfants qui manque de sens des réalités, mais a le cœur sur la main. Elle a quitté Londres pour s'installer en bord de mer au nord de l'Angleterre, à Ridinghouse Bay, afin de mener une vie paisible et responsable. Mais, comme à son habitude, elle va se retrouver embarquée dans une histoire rocambolesque qui va changer sa vie.

Intriguée par un homme assis sur la plage pendant des heures sous une pluie battante, elle décide de lui porter secours. Cet homme est complètement amnésique et ne sait pas ce qu'il fait là, ni même comment il s'appelle. Immédiatement séduite par son charme étrange, Alice lui propose de l'héberger pour une nuit dans le studio attenant à sa maison, dont le locataire est parti. Mais le provisoire va durer plus d'une semaine, et aboutir à une idylle. L'inconnu et Alice nouent en effet rapidement une relation complice et leur attirance s'accroit de jour en jour. Malgré les réticences de ses deux ainés et de son amie Derry, Alice n'écoute que son cœur et met sa générosité en avant pour justifier d'héberger chez elle un étranger qui pourrait être un criminel... D'ailleurs, celui que la fille d'Alice, la petite Romaine, a décidé d'appeler Frank refuse de se rendre au commissariat. Pourquoi craint-il la police ? Il ne le sait pas lui-même, ignorant tout de sa personnalité et de son passé. Commence alors une enquête pour découvrir qui est cet homme qui souffre d'amnésie dissociative et ce qui a bien pu le choquer au point de subir cette pathologie.

Parallèlement, Lily, une jeune Ukrainienne récemment mariée à Carl Monrose et fraichement débarquée à Londres, déplore la disparition de son époux. Celui-ci, très amoureux et exclusivement obnubilé par sa jeune épouse, n'est pas rentré du travail et ne répond pas au téléphone. L'agent Traviss, en charge de l'enquête sur cette disparition, découvre que Carl Monrose n'existe pas et que son passeport est un faux. En fouillant dans l'appartement, Lily met la main sur des bijoux, beaucoup d'argent liquide, une clé, etc. Tous ces mystères attisent son angoisse, et elle se rend compte qu'elle ne connait pas vraiment l'homme qu'elle a épousé. Elle réalise aussi qu'elle ne connait personne de son entourage, pas même sa mère qu'elle n'a eue brièvement au téléphone que le jour du mariage. Elle essaye en vain de la joindre, et demande de l'aide au seul ami – en fait un collègue de travail – de Carl : Russ. Celui-ci, bien que très sollicité par sa femme et leur nouveau-né, accepte de prêter main-forte à cette jeune étrangère désespérée. Il emmène Lily à Ridinghouse Bay, où se trouve la maison de la femme que Carl a désignée comme étant sa mère, ce que celle-ci dément formellement lors du court instant où Lily parvient enfin à s'entretenir avec elle, en utilisant un autre numéro de téléphone. À Ridinghouse Bay, Lily découvre une belle maison vide et mal entretenue, avec une seule pièce habitée, à l'étage. Elle décide d'y passer la nuit, tandis que Russ rentre à Londres.

Le lendemain, Lily arpente les rues de la petite bourgade en montrant des photos de son mari et en essayant d'obtenir des informations sur la femme qui vit dans la belle demeure qui surplombe la plage. Dans un café, elle tombe par hasard sur Alice et Frank, qui sont accompagnés par une journaliste et l'amie d'Alice, Derry. Cette rencontre fortuite va permettre de dénouer les fils du mystère. Les photos de Carl Monrose permettent en effet d'identifier la véritable identité de celui-ci : il s'agit de Mark Tate, censé être décédé 22 ans plus tôt de noyade.

Mark Tate était un adolescent étrange et au caractère ombrageux, qui passait ses vacances dans la maison de sa tante Kitty – la même que celle où Lily a passé une nuit – à Ridinghouse Bay. Il s'était épris d'une jeune fille, Kirsty, venue passer elle aussi les vacances en bord de mer, avec ses parents et son frère Graham, que tout le monde appelait Gray. Âgée d'une quinzaine d'années, innocente et troublée par les marques d'intérêt de Mark, de quatre ans son ainé, Kirsty avait cédé aux avances de ce dernier avant de se rétracter, ce que le jeune homme n'avait pas du tout supporté. Dès leur première entre-vue, Gray avait ressenti un malaise indéfinissable qui le poussait à se méfier de ce jeune arrogant aux attitudes autoritaires.

Quelques jours plus tard, lors d'un diner en famille dans un des pubs de la petite ville balnéaire, Gray avait rencon-tré une jeune chanteuse qui lui plaisait beaucoup. Celle-ci semblait bien connaitre Mark Tate, également présent ce soir-là, et quand l'invitation à poursuivre la soirée chez Mark fut lancée, Gray fut incapable de refuser : son attirance pour la belle chanteuse était plus forte que son aversion envers l'effrayant jeune homme. Ce dernier avait insisté pour repasser chez les parents de Gray afin que Kirsty se joigne à la petite fête improvisée.

Mais ce qui devait être un moment de joie et de séduction avait mal tourné. Les adolescents réunis dans la maison de Kitty (la tante de Mark) avaient tous bu de l'alcool et pris des drogues, exacerbant les pulsions de chacun et de Mark en particulier. Celui-ci, dans un accès de violence, avait séquestré Gray et sa sœur dans une pièce de la maison, les avait attachés, avait cassé le bras de Gray puis avait entrepris de violer Kirsty. Les autres invités, réunis au rez-de-chaussée dans le bar de la grande demeure, ne s'étaient rendu compte de rien puis étaient partis. À force de ruse et de détermination, Gray était cependant parvenu à se libérer, à blesser Mark et à s'enfuir avec sa sœur sur les falaises. Leur père, qui les recherchait depuis des heures, les avait retrouvés à ce moment-là. Les deux adolescents pensaient pouvoir enfin échapper à ce cauchemar. Mais, surgissant de nulle part, Mark avait attrapé Kirsty avant de sauter avec elle dans la mer, déchaînée cette nuit-là. Son père et son frère, plongeant à leur tour, n'étaient pas parvenus à la retrouver dans les flots tumultueux. Revenu sur la plage auprès de son fils blessé, le père de Kirsty avait succombé à une crise cardiaque, dans les bras de Gray. Quand les secours étaient enfin arrivés, l'adolescent très choqué ne savait plus ce qui s'était passé : il était frappé d'amnésie.

Les autorités, après une nuit de vaines recherches, avaient conclu à la noyade de Kirsty et de Mark, bien que leurs corps n'aient pas été retrouvés. En réalité, Mark avait pu rejoindre le rivage avec Kirsty, appeler sa tante pour qu'elle vienne le chercher, et se cacher chez elle pendant deux ans. Il avait ensuite changé d'identité et était devenu Carl Monrose. Quant à Kirsty, elle était morte sur la banquette arrière de la voiture lors de cette nuit effroyable, et avait été enterrée dans le jardin de la résidence principale de Kitty, la tante de Mark.

Grâce au témoignage de Kitty – depuis longtemps terrori-sée par son neveu, avec lequel elle n'a plus aucun rapport depuis longtemps – et aux souvenirs qui lui reviennent peu à peu, Frank – qui n'est autre que Gray, ou Graham – peut enfin faire le deuil de sa sœur et comprendre pour-quoi il a subi un second épisode d'amnésie dissociative. Quelques jours avant de se retrouver complètement perdu sur une plage de Ridinghouse, le professeur de mathématiques avait en effet aperçu Mark Tate. Mu par une rage puissante, il avait minutieusement préparé son enlèvement, puis l'avait séquestré dans un bâtiment en chantier afin d'éclaircir les mystères entourant la nuit fatidique où sa sœur avait disparu. Il l'avait étranglé et le croyait mort avant de perdre complètement la mémoire et d'agir de manière somnambulique. Mais le psycho-pathe avait survécu à la strangulation et s'était réfugié en Écosse. Un important dispositif policier a toutefois permis de le retrouver et de l'arrêter.

Lily découvre alors avec effroi que celui qu'elle a épousé est un véritable monstre, qui a violé plusieurs jeunes filles et s'est rendu coupable de nombreux actes de violence. Même dans la dernière lettre qu'il lui adresse, il lui ment encore. Elle décide alors de couper les ponts avec lui et devient la jeune fille au pair de Russ, qui l'a si bien aidée à faire la lumière sur cette affaire. Graham, alias Frank, peut quant à lui enfin enterrer sa sœur dignement après une période dans un institut médico-psychologique. Le jour des funérailles, il est accompagné par Alice qui n'a jamais cessé de lui faire confiance. Leur belle histoire d'amour ne fait que commencer...

ÉTUDE DES PERSONNAGES

MARK TATE (ALIAS CARL MONROSE)

Le personnage de Mark Tate est central dans le roman puisque c'est lui qui est à l'origine de tous les problèmes rencontrés par les autres protagonistes. On apprend à la fin du livre qu'il a été adopté vers l'âge de huit ans par la sœur de Kitty et son mari, sans plus de précisions sur ses origines. Dès le départ, ses parents adoptifs se rendent compte que c'est un enfant difficile, au caractère ombrageux et parfois agressif, notamment envers les jeunes filles quand il devient adolescent. Sa tante Kitty le prend en affection malgré ses « bizarreries » et le garçon le lui rend bien, au point de dire plus tard qu'elle est sa mère. Cependant, malgré ce lien particulier, il n'hésite pas à la menacer d'un couteau lorsqu'elle veut emmener la jeune Kirsty, mourante, à l'hôpital. Les parents adoptifs de Mark le renient après qu'il a commis quelque chose « d'impardonnable » (p. 338) envers une jeune fille avec laquelle il sortait. Il a alors 18 ans.

Mark Tate est de belle apparence. À 19 ans, il apparait « assez beau et bien foutu. Il n'avait qu'un an et quelques de plus que Gray, mais était bien plus développé physiquement » (p. 71). Toujours bien coiffé et habillé de manière élégante, il est aussi très ambitieux et souhaite devenir millionnaire. Il a les cheveux sombres et le regard perçant. Vingt ans plus tard, sous l'identité de Carl Monrose, il obtient une bonne situation en travaillant à Londres dans la finance. Quand Gray le retrouve par hasard dans le centre de Londres, lors d'une sortie avec ses élèves pour un concours de mathématiques, il le voit ainsi : « Il était encore très fin. Il portait une chemise rose avec une cravate rayée et un pantalon près du corps. [...] Ses cheveux étaient plus longs (à l'époque, il les portait assez courts) [...]. Gray le reconnut à sa mâchoire anguleuse et à son nez droit. Il avait été beau garçon, il était maintenant bel homme » (p. 294).

Le quadragénaire qu'il est devenu – sous une fausse identité – est très attaché à ses habitudes et ses rituels. Il n'a pas d'amis, mais une relative proximité avec un de ses collègues de travail, Russ. L'homme qu'il est devenu est très solitaire et ne semble vivre que pour son épouse, Lily, à laquelle il écrira « Je n'ai jamais aimé personne autant que toi de toute ma pauvre vie » (p. 361).

Mark Tate ne supporte pas du tout la frustration et se montre tyrannique ou très violent quand quelqu'un lui résiste. Il s'éprend de Kirsty, mais veut en faire sa chose, comme il le fait plus tard avec sa femme Lily, qui ne vit qu'à travers lui, dans une relation d'exclusivité inquiétante. La dérobade de Kirsty après leur premier rendez-vous le met dans une rage qu'il peine à contenir.

Mark Tate apparait donc comme un psychopathe, incapable de la moindre empathie et prêt à tout pour régner en maitre sur ceux qui osent résister à ses désirs. Son arrogance et ses mensonges n'ont pas de limites. Dans la lettre qu'il laisse à son épouse avant de se réfugier en Écosse, après avoir échappé à la tentative de meurtre de Gray, il fait passer ce dernier pour un fou dangereux et menteur, sans évoquer la moindre culpabilité. Sa psychologie si particulière se manifeste aussi quand il repasse dans son appartement avant de s'enfuir en Écosse : il prend la peine de jeter les emballages de la nourriture consommée dans la poubelle destinée au recyclage. Une attitude bien étrange pour quelqu'un qui n'hésite pas à prendre en otage deux personnes quelques jours plus tard !

ALICE LAKE

Alice est une charmante quadragénaire qui vit à Ridinghouse Bay, une ville côtière du Yorkshire. Elle est mère de trois enfants nés de trois pères différents : Kai, Jasmine et Romaine. Celle-ci est âgée de quatre ans, tandis que les deux plus grands sont déjà des adolescents. C'est une artiste dont le travail consiste à réaliser des tableaux à partir de cartes postales découpées.

Elle est encore une jolie femme, avec des yeux bleu-vert. Malgré son ventre légèrement proéminent (qu'elle cache sous d'amples chemises) et sa couleur de cheveux hasardeuse, son charme semble évident et ne laisse pas Frank indifférent.

Alice est très soucieuse du bienêtre de ceux qu'elle aime, que ce soient ses parents, ses enfants, ou même ses chiens. C'est une femme dévouée, mais un peu irresponsable, empêtrée dans ses soucis. Quand elle vivait à Londres, elle a eu maille à partir avec les services sociaux et cela l'a traumatisée. C'est peu après cet épisode qu'Alice est tombée enceinte de Romaine, dont le père était « un vrai malade » (p. 250), et qu'elle a décidé de changer de vie en allant s'installer loin de Londres.

Alice semble avoir un certain don pour attirer les hommes peu recommandables. C'est pourquoi son amie Derry veille sur elle comme une mère, en remettant autant d'ordre que possible dans sa vie. C'est aussi parce que la spontanéité et la générosité d'Alice sont extrêmes que Derry voit Frank d'un mauvais œil au départ : comment peut-on accueillir chez soi un parfait étranger qui ne sait même pas qui il est ?

Dès le jour de leur rencontre, Alice succombe à une forte attirance envers Gray (alias Frank, et Graham). Bien qu'elle soit conscience de l'incongruité de ses agissements, elle ne peut pas s'empêcher de venir en aide à ce charmant inconnu qui lui fait battre le cœur. Tout au long du roman, elle lui fait confiance et refuse de l'envisager comme un criminel, alors même que Frank pense avoir tué quelqu'un (même s'il ne sait pas encore de qui il s'agit). Elle ne ménage pas sa peine ni ses efforts pour multiplier leurs entrevues, et ce malgré la désapprobation de ses deux grands enfants et de son amie Derry. Quelques jours après leur rencontre, ils passent une nuit ensemble et Alice tombe vraiment amoureuse. Heureusement pour elle, cette histoire, bien que trouble au départ, semble bien plus prometteuse que les précédentes.

GRAHAM ROSS

Graham est un adolescent de 17-18 ans au début de l'histoire. C'est un garçon doux, entouré de beaucoup de filles qui ne le voient – hélas pour lui – qu'en ami. Sa famille et ses amis l'appellent Gray. Il a une sœur de deux ans sa cadette, Kirsty, à laquelle il est très attaché et sur qui il veille consciencieusement. Intuitif, Graham sent dès le départ que Mark Tate est un pervers et essaye de protéger sa sœur des griffes de ce dernier. Mais son attirance pour une belle chanteuse rencontrée dans un pub aura raison de sa méfiance justifiée, en le poussant à accepter l'invitation de Mark à passer une fin de soirée chez lui, avec Kirsty et d'autres adolescents. C'est un garçon puis un homme sensible, qui ne supporte pas la violence. Quand il est victime d'un choc affectif trop important, il en perd la mémoire. Ce moyen inconscient de se protéger est le signe d'une personnalité impulsive.

Devenu adulte, il vit seul, dans un appartement miteux, avec son chat Brenda. Il s'occupe également de sa mère, devenue folle. Il est professeur de mathématiques.

Très attiré par Alice, il avance prudemment dans cette relation sentimentale, car il a l'esprit absorbé par ses mésaventures. Il se montre cependant tendre et attentionné envers elle, s'occupe naturellement de la petite Romaine et se fait peu à peu accepter par l'entourage d'Alice, chiens compris. Sa sensibilité, son honnêteté, sa bonne volonté et son ouverture d'esprit le rendent très attachant. C'est un « bel homme aux cheveux d'automne, aux yeux doux, à l'haleine chaude et aux mains puissantes [...] » (p. 221).

LILJANA MONROSE

Liljana, que tout le monde appelle Lily, est une jeune Ukrainienne de 21 ans. Elle est l'épouse de Carl Monrose, alias Mark Tate. Elle l'a rencontré en février, lors d'une conférence à Kiev, où elle assurait un « petit boulot » (p. 229) pour rendre service à sa mère. Le coup de foudre est immédiat et réciproque, si bien que la demande en mariage ne survient qu'une semaine plus tard. La cérémonie a lieu très rapidement, en Ukraine, puis les deux époux s'installent à Londres, dans un appartement dont Carl Monrose prétend être propriétaire. Quand celui-ci disparait, le couple n'est installé ensemble que depuis une dizaine de jours.

La jeune femme ne travaille pas et ne connait personne à Londres, mais elle parle très bien anglais, ce qui lui permet de discuter sans problème avec n'importe qui, même s'il lui manque parfois quelques références culturelles. Elle prépare un diplôme de comptabilité, par correspondance. Elle est très belle.

Liljana ne sait rien de son mari. Au début, elle ne se pose aucune question, car elle est traitée comme une reine par son époux.

Très amoureuse de Carl Monrose, Lily semble au départ assez inconsistante ; mais son personnage prend de l'épaisseur au fil du roman. Elle se révèle très déterminée et n'a pas froid aux yeux. Mais elle est aussi honnête et généreuse et a le sens de l'honneur : malgré ses sentiments puissants, elle ne tergiverse pas après avoir appris les méfaits dont s'est rendu coupable son mari. C'est elle qui prévient la police et qui décide de rompre avec lui pour toujours.

CLÉS DE LECTURE

TROIS RÉCITS PARALLÈLES POUR UN SUSPENSE INTENSE

La structure du roman est divisée en trois récits parallèles que l'on découvre simultanément. L'histoire se divise en quatre parties et 60 chapitres. La première partie, assez courte, comprend 6 chapitres, tandis que la seconde, de loin la plus longue, en regroupe 44. La troisième partie rassemble 8 chapitres, et la quatrième, qui ressemble à un épilogue, en présente seulement trois, en plus d'un article de journal.

Dans la première partie, en forme d'exposition, on découvre les personnages d'Alice et Lily dans une alternance narrative (un chapitre sur deux pour chacune) qui prend place dans deux lieux différents (Ridinghouse Bay et Londres), mais à la même période. À partir de la seconde partie (qui débute au chapitre 7), un troisième récit parallèle se met en place dans une longue analepse : le lecteur découvre trois autres personnages d'importance et leurs aventures en 1993. Il s'agit de Gray, sa sœur Kirsty, et Mark Tate, qui passent tous trois leurs vacances d'été à Ridinghouse Bay.

À partir du chapitre 19, on assiste à une symétrie parfaite : au sein d'un triptyque qui se répète comme une mécanique bien huilée, le lecteur est plongé dans les évènements de l'été 1993, puis dans l'enquête de Lily en 2015, puis dans celle d'Alice et de son histoire avec

Frank en 2015 également. Cette alternance régulière se fait sur un rythme rapide : les chapitres sont très courts, de deux pages en moyenne. À partir du chapitre 50, soit juste avant la troisième partie, tous les principaux protagonistes sont réunis à Ridinghouse Bay et le récit de 1993 prend fin. Frank/Gray a retrouvé la mémoire et Lily découvre que son mari Carl Monrose est en réalité Mark Tate.

La troisième partie présente deux nouvelles analepses : il s'agit, d'une part, de l'épisode durant lequel Frank/Gray a revu Mark Tate par hasard à Londres, l'a séquestré puis a cru le tuer, ceci s'étant déroulé deux semaines avant le début du roman ; puis, d'autre part, nous découvrons le récit de la tante de Mark Tate, dans lequel elle précise ses relations avec lui depuis son enfance, ainsi que la manière dont elle lui est venue en aide en 1993 et après la nuit fatidique, alors que tout le monde le croyait mort.

La quatrième partie revient sur le présent et expose le dénouement : le résumé des évènements dans un article de journal, l'évolution positive de la relation sentimentale entre Frank/Gray/Graham et Alice, l'arrestation de Mark Tate, la nouvelle vie de Lily.

Bien que le récit ne soit pas linéaire, sa structure ordonnée et claire permet de suivre facilement le fil de l'histoire. Ainsi, après une exposition présentant les personnages principaux (Alice, Frank, Lily), la seconde partie propose une double enquête – celle de Lily et celle d'Alice et Frank – dont les éléments nous sont livrés dans le troisième récit, celui des évènements de 1993. De la sorte, le lecteur a une longueur d'avance sur les deux personnages féminins et peut faire de nombreuses inductions et déductions. Cependant, l'auteure ménage savamment les indices, si bien que, jusqu'au début de la troisième partie, on ignore qui est Frank : s'agit-il de Mark Tate ? Une grande partie du suspense repose sur cette interrogation. C'est justement grâce à l'alternance entre les trois récits parallèles que, peu à peu, les correspondances se font dans l'esprit du lecteur et qu'il parvient à identifier qui sont Frank et Carl Monrose, avec une confirmation qui arrive dans la troisième partie. Celle-ci lève le voile sur les dernières interrogations en suspens, grâce aux deux nouvelles analepses. La structure du roman est donc un élément capital de son suspense.

UNE GALERIE DE PERSONNAGES HORS-NORMES

Un des aspects les plus frappants du roman *On se reverra* tient dans la dimension hors-norme de ses principaux protagonistes. Aucun d'entre eux, à l'exception du père de Gray et de sa sœur Kirsty, décédés prématurément, ne peut être qualifié de banal.

Alice, une artiste fantasque au grand cœur

Alice Lake, avec laquelle s'ouvre le récit, apparait comme une femme fantasque, irresponsable au moins en partie, se fiant davantage à son intuition qu'à sa raison. Le choix de ses partenaires est hasardeux puisque le père de sa petite dernière, Romaine, n'a pas hésité à enlever sa fille et à la retenir prisonnière dans un hôtel pendant deux semaines. Le métier d'Alice est également hors du commun : elle fabrique des tableaux figuratifs à partir de cartes postales découpées. Alice est donc une artiste peu fortunée doublée d'une mère ayant quelques difficultés à assumer ses responsabilités. Elle semble en outre inconsciente des dangers : en accueillant chez elle un parfait inconnu, elle fait certes preuve de générosité, mais met potentiellement sa famille en danger. Même avec ses trois chiens, elle se laisse déborder. Ce personnage met en évidence une femme qu'on peut qualifier de « paumée », immature, qui ne réfléchit pas avant d'agir et suit son instinct sans mesurer les conséquences. Son côté secourable, sa compassion exacerbée la placent dans des situations compliquées, dont quelques-unes l'écœurent elle-même : « Moi, généreuse ? Je ne sais pas. Je dirais plutôt stupide », analyse-t-elle (p. 95).

Lily, une jeune femme naïve et déterminée

Lily apparait également comme une femme naïve et immature au début du roman. Le fait qu'elle accepte d'épouser au bout d'une dizaine de jours un homme dont elle ignore tout montre bien qu'elle n'est pas quelqu'un de réfléchi. Elle ne s'interroge pas sur l'idolâtrie dont elle fait l'objet de la part de Mark, pourtant bien plus âgé qu'elle (de 20 ans), ni sur son absence de vie sociale, ni sur le fait qu'il ne lui présente pas sa famille (mère et sœur) qui vit pourtant non loin de là selon ses dires. Il est riche, il l'aime, et il lui permet de vivre à Londres : ces éléments suffisent à la jeune femme, chez laquelle on devine une certaine ambition sociale (quand elle regrette que la bague de fiançailles ne soit pas un diamant solitaire, par exemple). Mais au-delà de cette naïveté, c'est son évolution au cours du roman qui fait d'elle un personnage hors-norme : la détermination et le courage dont elle fait preuve sont exemplaires. Alors qu'elle se laissait traiter en femme-objet par son mari, elle devient une véritable aventurière après la disparition de celui-ci. Elle n'hésite pas à passer la nuit dans une maison inconnue pour trouver la femme qu'elle suppose être la mère de Carl Monrose ni à interroger les commerçants de Ridinghouse Bay. Cette détermination sans faille la fait passer de victime du sort à actrice de son destin. Lily ne s'apitoie pas sur elle-même et développe un caractère fort.

Mark Tate, un psychopathe dangereux et misogyne

Le personnage le plus hors-norme du roman est bien sûr Mark Tate. On apprend à la fin du roman qu'il a toujours eu une personnalité difficile, complexe et agressive. Bien que ce ne soit pas dit de manière explicite, on devine que ses premières années problématiques ont engendré des troubles de la personnalité. « Mon beau-frère et sa femme ne s'en sortaient pas avec ce petit. Il les épuisait : il voulait les plus beaux vêtements, les meilleurs jouets, et l'attention constante de ses parents. Sa sœur, Camilla, a quitté la maison familiale à dix-sept ans pour aller vivre chez une amie parce qu'elle ne supportait plus ce qui se passait chez elle », explique sa tante Kitty (p. 337). Devenu adolescent, les tendances violentes et perverses du personnage se développent à l'encontre de la gent féminine, avec laquelle il entretient des relations brutales et sadiques. On apprend à la fin du roman qu'il s'est sans doute rendu coupable de plusieurs agressions sexuelles après avoir adopté l'identité de Carl Monrose, et qu'il a maltraité sa première épouse. Au-delà de cette tendance perverse, il est aussi très menteur, méticuleux, manipulateur, violent : il menace par exemple de tuer sa tante Kitty, à laquelle il semble pourtant attaché, pour qu'elle laisse Kirsty mourir dans la voiture. Mark Tate apparait comme un véritable monstre.

La tante Kitty, une femme fragile et lâche

Dans cette galerie de personnages hors du commun, la tante de Mark, Kitty (Katharine Tate), n'est pas en reste. Cette femme riche et élégante qui possède le manoir surplombant la plage de Ridinghouse Bay est en effet assez énigmatique. Non seulement on ne comprend pas bien pourquoi elle s'est tant attachée à son neveu – elle concède qu'elle est sensible à ses câlins et aux chocolats qu'il amène lorsqu'il vient passer le weekend chez elle – malgré sa personnalité si difficile, mais en plus elle agit de manière irrationnelle après le drame de 1993. Elle accepte d'enterrer Kirsty dans le jardin de sa résidence principale, à Coxwold, et ne prévient pas la police malgré le dégout permanent que lui cause cette présence fantomatique. Le remords est pourtant si fort qu'elle ne peut plus rester chez elle et vit dans le grenier de sa maison secondaire, à Ridinghouse Bay, dans une sorte de réclusion totale et une intense solitude. Techniquement, elle n'est pas responsable de la mort de Kirsty et n'a cédé aux injonctions de son neveu que parce qu'il menaçait de la tuer. Elle n'a donc pas grand-chose à craindre des autorités. Pourquoi a-t-elle gardé ce lourd secret si longtemps, puisqu'il la broyait ? Ses vifs remords auraient dû la pousser à faire éclater toute la vérité sur cette affaire, et ce d'autant plus qu'elle avait coupé les ponts avec son neveu démoniaque. Ce personnage est donc lui aussi hors-norme, car ses motivations et sa psychologie demeurent troubles.

LA MAISON, LIEU SYMBOLIQUE AU CŒUR DU RÉCIT

Les lieux d'habitation sont abondamment décrits et revêtent une dimension symbolique forte dans le roman de Lisa Jewell. Ces maisons et appartements, très divers, sont en effet éminemment révélateurs de leurs habitants, comme s'il existait des correspondances entre les protagonistes et le lieu où ils séjournent. La maison devient ainsi une sorte de prolongation du personnage et fournit des indices importants sur sa psychologie et ses motivations.

Le manoir de Kitty

La maison secondaire de Katharine Tate, à Ridinghouse Bay, est l'un des lieux les plus emblématiques du roman. C'est un manoir imposant de style géorgien : « Gray n'avait jamais vu de maison aussi grande que celle de la tante de Mark. Sa mère la trouvait très « chichi », pour reprendre son expression, avec ses murs recouverts de miroirs à moulures dorées et ses grands vases débordant de lys orientaux. [...] Puis, il [Mark] les fit entrer dans un hall circulaire immense et les mena dans une serre remplie de palmiers qu'il appelait « l'orangerie » (p.88). Cette première description montre une demeure luxueuse, bien entretenue, aussi élégante et délicate que sa propriétaire Kitty. Les paons qui s'ébattent dans le somptueux jardin symbolisent eux aussi la magnificence de ce lieu inhabituel. Mais dès la seconde apparition de cette maison, au moment où Gray et Kirsty s'y rendent pour « faire la fête » après un passage au pub, les premiers signes de la dégradation sont déjà présents : « Les lys dans le vase de l'entrée avaient fané. Leurs lourdes têtes blanches s'étaient affaissées, faisant tomber leur pollen jaune sur les carreaux clairs du sol et répandant une odeur lancinante de décomposition » (p. 190). Cette odeur de décomposition fonctionne comme un indice de la suite des évènements, avec la mort de Kirsty qui va survenir quelques heures plus tard. La troisième apparition de la maison a lieu quand Alice et Frank s'y rendent (chapitre 33), car ce dernier est inexplicablement attiré par elle. Ils découvrent, par les fenêtres, des meubles recouverts de draps, ainsi que des cartons. Cette description est l'indice d'un bouleversement conséquent, mais on ignore encore lequel. La quatrième apparition de la demeure a lieu au chapitre 38, quand Lily s'y rend, accompagnée de Russ : « Elle n'a jamais vu de maison aussi belle de sa vie. Elle est faite de couleur crème, à moins que ce soit du crépi. Elle est habillée de gargouilles et de statues en plâtre, de colonnes striées et de marches qui mènent à une immense porte en bois sombre avec un heurtoir en laiton au centre » (p. 232). L'apparence flatteuse de la demeure est à mettre en relation avec la séduction extérieure de Mark Tate, alias Carl Monrose, dont Lily est aussi tombée amoureuse parce qu'il était beau et riche. Mais quand elle s'approche du manoir, la jeune femme distingue des signes qui remettent en cause cette beauté apparente : « [...] plus elle s'en approche, plus elle remarque que la bâtisse est en mauvais état. Des fissures courent sur les murs, de la saleté recouvre les fenêtres, et les mauvaises herbes et les feuilles mortes ont envahi les parterres de fleurs » (p. 232). Après y être entrée, elle découvre l'étendue des dégâts : « Si l'on traverse la pièce, une petite porte ouvre sur un vestibule, où se trouvent un vase avec des fleurs fanées recouvertes de poussière [les lys de la première visite ?] et un fauteuil en velours rouge rongé par les mites. Ensuite, ils passent dans une pièce magnifique, complètement vitrée, avec une structure en fer forgé. Ils y découvrent des palmiers desséchés et un sol de rocaille poussiéreux, des caoutchoucs en pots et des arbustes morts. Une forte odeur de terre et de moisissure les saisit » (pp. 242-243). Lily parcourt sans le savoir les pièces où le drame s'est joué : la serre où Gray, Kirsty et leurs parents ont pris le thé avec Kitty après la rencontre avec Mark, le bar où a eu lieu la petite fête, et même la petite chambre où Gray et Kirsty ont été séquestrés et violentés. L'état déplorable de la maison est révélateur de la dégradation psychologique de ses occupants de 1993, Kitty (qui vit dans le remords et la solitude) et Mark (qui vit sous une fausse identité et continue ses méfaits). La pièce dans laquelle vit secrètement Kitty est précisément celle où les deux adolescents ont été torturés par Mark, comme si elle y expiait les crimes de son neveu.

La maison de vacances de Rabbit Cottage

À l'inverse de la somptueuse demeure de Katharine Tate, la maison où la famille Ross passe ses vacances chaque année est modeste et n'a pas le même confort que leur résidence principale de Croydon. « Rabbit Cottage était humide et mal meublé. La cuisine était trop étroite et les murs jaunis par la fumée de cigarette. Il y avait une petite chambre au rez-de-chaussée et deux chambres encore plus petites à l'étage. Les matelas étaient pleins de bosses et les draps élimés, troués. Quand il pleuvait, l'eau s'infiltrait et la maison dégageait une odeur étrange, un mélange de sel, de maquereau, de tabac froid et d'humidité. Et pourtant, les parents de Gray et Kirsty adoraient cet endroit. À cause de l'atmosphère et des gens, disaient-ils, et aussi des paysages magnifiques, de l'air pur, des balades inoubliables et des poissons délicieux » (p. 57). Cette maison de vacances est à l'opposé du manoir de Kitty, car elle est vétuste et peu confortable, mais abrite le bonheur et des liens affectifs forts. Cette maison de vacances constitue le pendant du manoir de Kitty, dont la splendeur cache une misère affective délétère. Quand Frank la retrouvera lors d'une promenade avec Alice dans Ridinghouse Bay, il verra qu'elle a été rénovée et rafraichie, là encore dans une opposition symétrique au manoir de Kitty, laissé à l'abandon.

L'appartement londonien

L'appartement de Carl Monrose participe lui aussi de cette dynamique symbolique des lieux de l'histoire. Lily le trouve « parfait » (p. 133) au début. « C'est Carl qui a choisi cet appartement tout neuf, construit dans un lotissement récent, avec une cuisine immaculée et des toilettes encore emballées. Un nouveau logement pour une nouvelle vie » (p. 38), se réjouit-elle. Mais cet appartement impersonnel, qu'elle n'a pas choisi, est à l'image de celui qu'elle a épousé : vide, froid, sans âme et sans passé tangible. Au fur et à mesure qu'elle découvre les cachoteries de son mari, Lily se sent de moins en moins bien dans cet endroit dont elle découvre peu à peu les défauts, comme les robinets qui ne sont déjà plus rutilants. Après avoir appris les crimes de Mark Tate, elle quitte d'ailleurs le logement sans aucun regret, pour s'installer chez Russ et sa femme, tout comme elle a décidé de quitter son mari sans l'ombre d'une hésitation.

PISTES DE RÉFLEXION

QUELQUES QUESTIONS
POUR APPROFONDIR SA RÉFLEXION...

- Quel est le rôle de la journaliste qui intervient dans la troisième partie du roman ?

- Comment la montée progressive de la violence est-elle organisée dans le récit de 1993 (seconde partie) ? Quels sont les procédés utilisés pour exacerber l'impact de cette violence sur le lecteur ?

- Quels personnages secondaires pouvez-vous identifier ? Classez-les en adjuvants et opposants (schéma actantiel).

- Lily est une étrangère en Angleterre : à travers ses étonnements et ses maladresses, brossez un rapide tableau de la société anglaise qu'elle découvre.

- Les paons du manoir de Kitty interviennent à plusieurs reprises dans le récit : quelles sont leurs fonctions narrative et herméneutique ?

- Comment l'auteure présente-t-elle le monde de l'adolescence dans cet ouvrage ? Quelles en sont les principales caractéristiques ?

- L'histoire d'amour entre Frank et Alice vous semble-t-elle secondaire ou au contraire essentielle dans l'économie de ce roman ? Pourquoi ?

- Quelle est l'astuce narrative principale sur laquelle repose le suspense de ce roman ?

POUR ALLER PLUS LOIN

ÉDITION DE RÉFÉRENCE

- JEWELL L., *On se reverra*, Paris, Bragelonne-Hauteville, 2018, traduit de l'anglais par Adèle Rolland-Le-Dem, 379 pages.

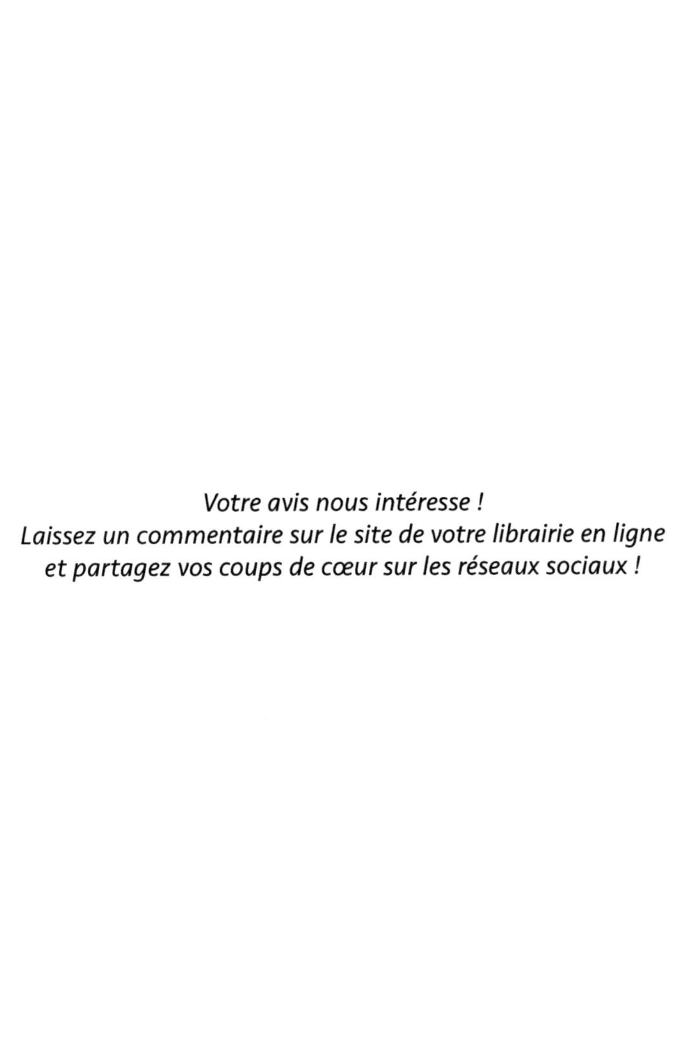

Votre avis nous intéresse !
Laissez un commentaire sur le site de votre librairie en ligne
et partagez vos coups de cœur sur les réseaux sociaux !

lePetitLittéraire.fr

- un résumé complet de l'intrigue ;
- une étude des personnages principaux ;
- une analyse des thématiques principales ;
- une dizaine de pistes de réflexion.

**Retrouvez
notre offre complète sur
lePetitLittéraire.fr**

ISBN version numérique : 9782808025775
ISBN version papier : 9782808025782
Dépôt légal : D/2021/12603/129

Conception numérique : Primento,
le partenaire numérique des éditeurs.